To. 오늘도 행복을 꿈꾸는

_____에게

이 책을 드립니다.

From. _____

미키마우스,
꿈은
네 곁에 있어

미키 마우스,
꿈은
네 곁에 있어

오늘도
행복을 꿈꾸는
당신에게

미키 마우스 원작

RHK
알에이치코리아

더 나은 내가 되고 싶은
당신에게

월트 디즈니의 손에서 탄생한 인기 캐릭터 미키 마우스는 1928년 11월 18일 미국 뉴욕에서 데뷔했습니다.

밝은 표정과 유쾌한 걸음걸이가 인상적인 미키 마우스는 장난과 도전을 좋아하고, 장애물이 앞을 가로막아도 절대 굴복하지 않습니다. 이런 긍정적인 성격 덕분에 국경과 세대를 뛰어넘어 수많은 사람의 사랑을 받는 것이 아닐까요?

미키 마우스의 성격은 '인간은 얼마든지 변할 수 있는 존재'라며 사람을 긍정적인 시선으로 바라본 정신의학자이자 심리학자인 알프레드 아들러를 떠올리게 합니다.

이 책은 여러 매체를 통해 소개된 아들러의 철학 중 핵심만을 뽑아 쉬운 언어로 설명하고 있습니다. 아들러의 '용기를 주는 가르침'이 미키 마우스의 유쾌한 모습과 잘 어우러져 여러분의 마음에 가닿기를 바랍니다.

그럼 이제부터 미키 마우스와 함께 우리 자신을 변화시키기 위한 여행을 떠나볼까요?

미키 마우스와 친구들

미키 마우스

전 세계인의 사랑을 받는
인기 캐릭터.
크고 둥근 귀와 장난기 가득한
몸짓이 특징인 주인공.

미니 마우스

예쁜 것들을 좋아하는
미키 마우스의
사랑스러운 여자친구.

도널드 덕

성격이 다소 급하고
지는 것을 싫어하지만,
미워할 수 없는 미키 마우스의 친구.
본명은 도널드 폰틀로이 덕
(Donald Fauntleroy Duck).

데이지 덕

개성 넘치는 성격에
노래 부르기를 좋아하는
도널드 덕의 여자친구.

구피

선량하고 느긋한 성격,
어리숙한 말투와 행동으로
분위기를 부드럽게
만들어주는 친구.

플루토

친구들과 잘 어울리며,
장난을 좋아하는
미키 마우스의 충실한 친구.

contents

프롤로그

더 나은 내가 되고 싶은 당신에게 • 006

미키 마우스와 친구들 • 008

(Part 1) 미움받을 용기가 주는 변화

변하고 싶다면 라이프 스타일을 바꿔보세요 ❦ 020

노력해서 얻은 성공만이 가치 있어요 ❦ 024

마음만 먹으면 뭐든지 해낼 수 있어요 ❦ 028

타인의 시선에서 자유로워져야 해요 ❦ 032

환경의 변화를 두려워하지 마세요 ❦ 036

규칙에 얽매이지 말고 유연하게 생각하세요 ♥ 040

미래는 스스로의 힘으로 개척해야 해요 ♥ 044

자신의 참모습을 잃어버리면 안 돼요 ♥ 048

나쁜 경험도 성장의 발판이 될 수 있어요 ♥ 052

우리는 모두 대등한 존재예요 ♥ 056

열등감은 성장의 원동력이기도 해요 ♥ 060

작은 성공 하나가 때로는 인생을 바꿔요 ♥ 064

재능을 쓰는 방법에 따라 행복이 결정돼요 ♥ 068

지금 하고 싶은 일을 하고 있나요? ♥ 072

목표가 있으면 삶의 의욕이 생겨요 ♥ 076

호감 가는 사람에겐 먼저 다가가야 해요 ♥ 080

빛나고 싶다는 생각도 옳은 감정이에요 ♥ 084

나는 모르기 때문에 성장할 수 있어요 ♥ 088

이타심이 우리를 성장시켜요 ♥ 092

타인의 문제를 전부 해결해줄 순 없어요 ♥ 098

자신의 가치를 깨달으면 관계도 나아져요 ♥ 102

Part 2 더 나은 관계를 위해서

대부분의 고민은 인간관계에서 비롯해요 💛 110

타인의 기분을 존중해야 해요 💛 114

나를 이해해주기만을 바라고 있나요? 💛 118

친구의 재능을 한 번 더 살펴보세요 💛 122

항상 고맙다는 말을 잊지 마세요 💛 126

사람은 누구나 인정받고 싶어 해요 💛 130

무모한 믿음은 열정이 될 수 없어요 💛 134

질투와 시샘은 관계의 족쇄일 뿐이에요 💛 138

이타심은 자신을 위해서도 필요해요 💛 142

상대방을 나와 동등하게 생각하세요 💛 146

말 속에 숨어 있는 진심을 읽어야 해요 💛 150

좋은 관계를 맺는 비법은 존중이에요 ♡ 154

인생의 즐거움은 사람들과의 관계에 있어요 ♡ 158

내가 얻은 성과를 혼자 누려도 될까요? ♡ 162

지나친 칭찬도 비난도 옳지 않아요 ♡ 166

타인을 먼저 생각하면 자유로워져요 ♡ 170

우리는 모두 같은 입장에 놓여 있어요 ♡ 174

과한 배려도 관계를 멀어지게 해요 ♡ 178

분노는 나를 해치는 감정이에요 ♡ 182

기쁨을 공유하면 관계가 돈독해져요 ♡ 186

과도한 동정은 다정한 마음이 아니에요 ♡ 190

상대방을 대등하게 바라봐야 사랑이 깊어져요 ♡ 194

진정한 신뢰는 조건 없이 믿는 마음이에요 ♡ 198

Part 3 행복한 인생을 향한 발걸음

내 인생을 개척할 사람은 나밖에 없어요 ♡ 206

불가능한 이유보다 실현할 방법을 찾아요 ♡ 210

불평만 늘어놓으면 현실은 바뀌지 않아요 ♡ 214

평온한 마음으로 고난을 극복할 수 있어요 ♡ 218

완벽한 인생이란 존재하지 않아요 ♡ 222

상대방을 있는 그대로 받아들여요 ♡ 226

꾸미지 않은 본연의 모습을 보여주세요 ♡ 230

잘 보이려고 애쓰지 마세요 ♡ 234

모든 일이 생각대로 이루어지진 않아요 ♡ 238

당신은 존재만으로도 누군가를 행복하게 해요 ♡ 242

사춘기의 고민은 어른이 되었다는 증거예요 ♡ 246

누구나 다면성을 가지고 있어요 ♡ 250

꿈만 꾸지 말고 행동으로 옮겨야 해요 ♡ 254

질투보다 선망의 시선으로 바라보세요 ♡ 258

진심 어린 웃음은 상대를 행복하게 해요 ♡ 262

역경에 맞서는 또다른 방법은 낙관이에요 ♡ 266

당신은 타인에게 무엇을 해줄 수 있나요? ♡ 270

가족들도 다른 존재임을 기억하세요 ♡ 274

지금 이 순간 상대방의 눈을 바라보세요 ♡ 278

참고문헌 ● 282

Part 1.

미움받을 용기가
주는 변화

변하고 싶다면
라이프 스타일을
바꿔보세요

지금 이 순간, 변화하고 싶나요?
자기 자신과 타인을 바라보는
시선(아들러 심리학에서 말하는
라이프 스타일)을
바꾸는 일이 제일 먼저랍니다.

나 자신, 타인, 그리고 세상을 바라보는
시선의 방향이 달라진다면,
나를 둘러싼 환경이 변하기 시작하고
모든 것이 그전과는 다르게 보일 거예요.

자신에게 일어나는 모든 변화를
두려워하지 마세요.

노력해서 얻은
성공만이
가치 있어요

인생은 참 기나길고
여러 가지 일이 일어난답니다.
가끔 성공을 손에 넣었다 하더라도
그것을 유지하기 위해
꾸준히 노력하지 않는다면,

성공은 금세 손가락 사이로
빠져나갈 거예요.

물론 노력하지 않으면서

성공을 바라면 그건

어리석은 망상에 불과합니다.

○ 미키 마우스.
　꿈은 네 곁에 있어

마음만 먹으면
뭐든지
해낼 수 있어요

어떤 일을 앞두고 도전해야 할지
결정을 고민하고 있다면,
그건 시간을 버리는 일이에요.
실패에 대한 두려움 때문에
문제를 피하기만 해서는
아무것도 이룰 수 없답니다.

당장 결과가 눈앞에
보이지 않는다 해도

'할 수 있다', '해낼 수 있다'는
용기와 자신감을 갖고
한 걸음씩 앞으로 나아가세요.

타인의 시선에서
자유로워져야 해요

'내가 없을 때 누군가
나를 욕하면 어쩌지?'
'저 사람은 나를 어떻게 생각할까?'
'내 앞에서 웃고 있는
이들의 표정이 진심일까?'
하며 걱정한 적이 있나요?

걱정이 생기는 것 자체를
억지로 멈출 수야 없겠지만,
사실 그런 걱정은 할 필요가 없답니다.

내가 자신보다 타인에게
관심이 없는 만큼,
다른 사람들 또한 의외로
남의 일에 크게 신경 쓰지 않아요.

환경의 변화를
두려워하지 마세요

새로운 일에 도전하거나
소중한 사람과 만나고 헤어지는 순간처럼
큰일로 나아가는 한 걸음을
내딛어야 할 때면 으레
마음이 불안해지기 마련이에요.

상황이 지금보다 나빠질까 두려워
이런저런 핑계를 대면서
도망치려고만 한다면
아무것도 시작할 수 없어요.

우선 용기를 갖고 도전하면
진정한 변화가 시작될 거예요.

○ 미키 마우스,
　꿈은 네 곁에 있어

규칙에
얽매이지 말고
유연하게 생각하세요

'원래 이런 일이야', '원래 이런 곳이야',
'원래 이런 사람들이야'……. 익숙한 말들이죠?
기존의 규칙과 형식에 의지하면
당장 마음의 안정을 얻을 수는 있겠지요.

하지만 그런 '온실' 안에서만
계속 안주해도 정말 괜찮나요?

가끔은 삶을 다른 방향에서
조명할 수 있는 낯선 변화를
즐겁게 받아들이는 여유도 필요합니다.

○ 미키 마우스,
　꿈은 네 곁에 있어

미래는
스스로의 힘으로
개척해야 해요

미래는 불확실하기에
아무도 장담할 수 없어요.
장담할 수 없는 일을 두고
이런저런 생각에 빠지는 건
불확실한 존재인 우리들에겐
아주 당연한 일이랍니다.

하지만 알 수 없는 언젠가
좋은 일이 일어날 거라는
낙관론 속에만 빠져 있으면,
점점 스스로 움직이지 않게 됩니다.

결국 이 긍정적인 생각들도

변화를 두려워하는 사람의

핑계에 그치게 될 뿐이에요.

자신의 참모습을
잃어버리면 안 돼요

소중한 관계를 망치고 싶지 않은
마음은 모두가 갖고 있어요.
하지만 지금 이 순간의
내 행동을, 내 감정 표현을
오로지 상대방의 기분을 망치지
않기 위해 재단하는 건 옳지 않아요.

상대방과의 관계가
소원해질까 봐
자기 기분을 억누른다면
남을 위해 사는 것과
다를 바가 없습니다.

정말 소중한 상대라면
진짜 자신의 모습을
있는 그대로 보여주세요.

○ 미키 마우스.
　꿈은 네 곁에 있어

51

나쁜 경험도
성장의 발판이
될 수 있어요

기억이란 보물상자를 뒤져 보면
담겨 있는 것이 반짝이는
유리구슬들만은 아니랍니다.
녹이 슬고, 깨져 있는 나쁜 기억들도
종종 함께 담겨 있어요.

○ 미키 마우스,
  꿈은 네 곁에 있어

고통스러운 과거의 경험에
발목 잡혀 절망에 빠져 있을지
아니면 그 절망에서 빠져나올지
결정하는 것은 우리의 마음입니다.

마음 깊이 새겨진 트라우마도
당신은 분명 극복할 수 있어요.

우리는 모두
대등한 존재예요

세상을 살아가는 수많은 우리들.
나에게는 나만의 가치관이 있고,
다른 사람에게는 그 사람만의
가치관이 있어요.
모두 동일하게 소중하죠.

자신의 가치관을 타인에게
강요할 이유도, 타인의 기준에
자신의 가치관을 억지로
맞출 필요도 없답니다.

○ 미키 마우스,
   꿈은 네 곁에 있어

열등감은 성장의
원동력이기도 해요

우리는 아직 자기 자신이
정확히 어떤 사람인지
알아차리지 못한 채예요.
진짜 자기 자신을 마주하기란
쉽지 않은 일이기 때문이에요.

사람은 누구나 자신이 꿈꾸는
'이상적인 나'와 '현실 속의 나' 사이에서
오는 괴리감 때문에 괴로워하지요.
이상보다 조금은 부족해 보이는 내 모습들.

하지만 그런 열등감도 당신을
성장하게 만드는 원동력 중 하나예요.

○ 미키 마우스,
   꿈은 네 곁에 있어

작은 성공 하나가
때로는 인생을 바꿔요

커다란 사건들만이 인생을
변화시키는 건 아니랍니다.
우연히 발견한, 전혀 예상하지 못한
작은 성공의 경험들 또한
우리의 소중한 순간들이니
놓치지 말고 꼭 붙잡아야 해요.

○ 미키 마우스,
　꿈은 네 곁에 있어

보잘것없어 보였던

작은 성공도 '내가 해냈어!'라는

성취감을 선사하는 순간

앞으로의 인생을 바꾸는

크나큰 계기가 될 수 있으니까요.

재능을
쓰는 방법에 따라
행복이 결정돼요

'부모에게서 얼마나 많은
재능을 물려받았느냐'
'어떤 환경에서 자라났고,
무엇을 가지고 태어났느냐'는
매일을 살아가는 우리에게는
중요하지 않습니다.

○ 미키 마우스,
　 꿈은 네 곁에 있어

바로 지금 이 순간,

당신의 행복을

결정하는 요소는

'지금 가지고 있는

나만의 재능을

어떻게 활용하느냐'니까요.

○ 미키 마우스,
  꿈은 네 곁에 있어

지금 하고 싶은
일을 하고 있나요?

아주 어려운 질문이지만
우리는 자주 자신에게 묻죠.
'나는 진정 어떤 사람일까?'
'내가 진짜 원하는 건 뭘까?'

자신의 영혼이 가진 맨얼굴이 궁금하다면,
무엇보다도 내 마음이 속삭이는 소리를
차분히 귀를 기울여 들어야 해요.

아주 작은 목소리라도 좋아요.
용기를 갖고 그 말을 따르세요.

목표가 있으면
삶의 의욕이 생겨요

'가지고 있는 것'보다 중요한 건
'가지고 싶은 것', '하고 있는 일'보다
소중한 건 '하고 싶은 일'입니다.
꿈이나 목표가 없는 사람은
자연히 삶에 대한 의욕도 없어져요.

평온하다 해도 다소 무기력한
지금의 상황보다 한층 행복하게
살아갈 자신의 모습을 상상하며

오늘 하루는 어제보다
조금만 더 충실하게 보내봐요.

호감 가는 사람에겐
먼저 다가가야 해요

내 마음에 들지 않는 사람은
이 세상에 너무나 많답니다.
어쩌다 내 마음에 드는 사람을
발견했다면 관심이 생기고
이야기를 나누고 싶어지겠죠.

이런 마음은 상대방도
마찬가지랍니다.

누군가와 관계를
맺고 싶다면,
적극적으로 다가가
인사를 건네보세요.

빛나고 싶다는 생각도
옳은 감정이에요

부러움이란 감정은
자연스러운 감정이에요.
세상엔 별처럼 빛나는
수많은 존재들이 있으니까요.

사람은 누구나 자기 자신을
가장 소중하게 생각하고,
최우선으로 아낀답니다.

나 또한 좀 더 빛나고 싶다는 마음을
잘못된 생각이라고 여기면,
스스로의 장점을 발휘할 수 없게 되지요.

나는
모르기 때문에
성장할 수 있어요

오늘날 세계가 이토록 눈부시게
발전할 수 있었던 힘은
바로 '무지'였답니다.
'인간이 모르는 세계가 존재한다'라는
사실을 발견한 순간부터
과학 기술이 발전할 수 있었죠.

○ 미키 마우스,
　꿈은 네 곁에 있어

무언가를 모른다 해도
부끄러운 일이 아니에요.

적극적으로 배우려는
자세가 더 나은 우리를
만들어줄 거예요.

이타심이
우리를 성장시켜요

우리는 혼자 살아가는
존재가 아니기 때문에,
인생 곳곳의 사진들을
타인들과 함께 찍게 됩니다.

남을 도와주고 싶다는
마음으로 노력하는 사람과
남보다 높은 위치에 오르고 싶다는
생각으로 노력하는 사람이
느끼는 행복의 크기는 다를 거예요.

○ 미키 마우스,
  꿈은 네 곁에 있어

누군가를 소중히 대하는
삶의 방식을 터득해 나가다 보면,

점점 발전하는 자신의 모습을

발견할 수 있어요.

타인의 문제를 전부
해결해줄 수는 없어요

우리는 공감 능력을 가지고 태어났어요.
주변에 괴로워하는 사람이 있다면,
걱정되고 때로는 조언도 해주고 싶어 하죠.
하지만 그 사람이 안고 있는 '진짜' 문제는
자기 자신만이 해결할 수 있습니다.

○ 미키 마우스,
  꿈은 네 곁에 있어

다소 쓸쓸한 진실이지만
내가 해결해줄 수는 없어요.

당신이 할 수 있는 일은
그저 따뜻한 시선으로
지켜봐주는 것뿐이에요.

○ 미키 마우스,
  꿈은 네 곁에 있어

자신의 가치를 깨달으면
관계도 나아져요

'나는 왜 이렇게 태어났을까',
'이런 내가 너무 한심해 보여',
'나는 앞으로도 계속 실패할 거야' 등등.
본인을 가치 없는 존재라고
여기는 사람은 결코
자신을 사랑할 수 없습니다.

서로에게 도움이 되는 긍정적인
인간관계를 맺기도 힘들어져요.

스스로에게 자신감을 가져야
상대를 똑바로 응시하며
진취적으로 함께할 수 있어요.

Part 2.

더 나은 관계를
위해서

살아가는 동안 누구나
수많은 문제들을 맞닥뜨리지만,
실상 우리가 경험하게 되는
대부분의 고민은 타인과의
관계에서 출발한답니다.

제각기 복잡한 문제들이지만,
해결책은 의외로 단순할 수 있어요.

다른 사람에게
상냥한 관심을 기울이며
배려 깊은 만남을 쌓아나가면,
우리 삶은 한결 나은 방향으로
흘러갈 거예요.

타인의 기분을
존중해야 해요

이 세계에서 나 외에
다른 모든 이들은
타인임을 인정해야 해요.
친구나 가족 혹은 연인 사이라 해도
내가 직접 개입해 타인의 마음을
변화시키기란 어려운 일이에요.

○ 미키 마우스,
꿈은 네 곁에 있어

다른 사람을 자신의 의지대로
이끌려는 건 과욕에 불과해요.

다름을 인정하고 상대를 존중해야
관계는 건강하고 튼튼해져요.

나를 이해해주기만을
바라고 있나요?

'내가 이렇게까지 해줬는데',
'나는 그때 이런 의도였는데
왜 이해를 못 해주지'…….
무리 속에서 항상 자신만을
돋보이게 하면서 상대를 설득하려고
애쓰는 사람은 주변 사람들과
원만하게 지내기 힘들어져요.

인간관계의 첫 단계는 강요가 아닌,
상대에 대해 알고 싶어 하는
따스한 마음에서부터 시작된답니다.

우리는 모두 다르게 태어났어요.
외모와 내면, 취향과 감성, 장점과 단점 등.
가끔 일치하는 조각들은
무엇보다 반짝이며 빛나겠죠.
하지만 누구에게나 잘하는 일과
못하는 일이 있답니다.

우선 상대방의
장점을 칭찬해주세요.

칭찬은 용기를 낳게 되고,
용기를 획득한 그는
언젠가 당신에게 그 힘을 발휘해
도움을 줄지도 모른답니다.

항상 고맙다는 말을
잊지 마세요

'미안해요', '고마워요'를
솔직하게 말하는 사람들이
사회생활을 잘해 나갈 수 있어요.
당신의 순수한 감사 인사를 받고
기뻐하지 않을 사람은
사실 거의 없답니다.

고마운 마음이 들었다면 작은 친절로,
조그만 선의로, 사소한 배려로,
환한 미소와 솔직한 말투로

상대방에게 '고마워'라는
마법의 단어를 전하세요.

열심히 노력한 나, 최선을 다해
애쓴 나를 누구든 알아봐주길
간절히 바란 적이 있나요?
우리는 모두 자기 자신은 물론
타인에게 인정받기를 바랍니다.

크기는 다를지라도
모두가 간직하고 있는
동일한 감정이에요.
이 사실을 알고 있다면,

칭찬이라는 무기로 조금 더
나은 관계를 만들어가는 데
도움이 될 거예요.

○ 미키 마우스,
  꿈은 네 곁에 있어

무모한 믿음은
열정이 될 수 없어요

우리는 종종 인생에서
자신이 세운 '가설'이 옳다고 믿고,
그것을 뒷받침할 증거를 찾느라
많은 시간을 보냅니다.
이러한 믿음은 때론
열정의 원동력이 되기도 하지만,
그 가설이 정말 정답일까요?

바쁜 일상 속 마냥
내달리고만 있다면,

한번쯤 멈춰 서서
내가 숨 가쁘게 향하고 있는
방향을 곰곰이 되짚어 보세요.

질투와 시샘은
관계의
족쇄일 뿐이에요

우리는 모두 '예쁜' 마음과
'미운' 마음을 동시에 가지고 있어요.
정도가 지나치지 않다면
함께 간직하고 지낼 수 있겠죠.

○ 미키 마우스,
　꿈은 네 곁에 있어

하지만 질투와 시샘이란 마음은
사람들과 어울려 살아가는 데
대부분의 경우 방해가 된답니다.
그런 감정들에 휩싸인 채
무의미한 시간을 보내기보다

상대방의 장점을 인정해주는 태도가
훨씬 더 가치 있는 관계를 만들어줘요.

O 미키 마우스,
  꿈은 네 곁에 있어

이타심은
자신을 위해서도
필요해요

군이 선택해야 한다면,
위악보다는 위선이 낫답니다.
매 순간 자신에게 이득이 되는 일만
생각하고 행동하는 사람에게
먼저 손을 내밀어 선의의 도움을
주려는 사람은 없습니다.

144

어느 순간 황량한 폐허 가운데
혼자 남은 듯 느껴진다면
스스로를 돌아볼 때입니다.

열정적이지만
이기적인 태도는
타인과의 관계를
스스로 차단하는 것과
마찬가지예요.

모든 사람은 다르지만,
다르기 때문에 동등한 존재랍니다.
인간이 지니고 태어난
중요한 능력 중 하나는
외부 세계를 이해하는 능력이에요.

○ 미키 마우스,
꿈은 네 곁에 있어

위아래 없이, 높낮이 없이,
나와 동등한 삶을 살아가고 있는

타인을 배려하는 마음은
수많은 이들이 함께 어울려
살아가는 세계를 만드는 데
아주 중요한 도구랍니다.

말 속에 숨어 있는
진심을 읽어야 해요

안타깝지만 모든 사람들이
투명한 진심을 말하는 건 아니랍니다.
말은 사람의 마음을 가장 쉽게
표현하는 도구이긴 하지만,
겉으로 내보이는 모든 말들이
전부 진심을 담고 있을까요?

가끔 너무 달콤하거나,
너무 쌉쌀하기만 하다면

상대방이 하는 말의 이면에
숨어 있는 의미까지도
곰곰이 헤아려 봐야 해요.

○ 미키 마우스,
　꿈은 네 곁에 있어

좋은 관계를
맺는 비법은
존중이에요

세상에 존재하는 모든 인간관계는
수직이 아닌 수평 관계입니다.
이는 가족 사이에도, 친구 간에도,
미래를 약속한 연인들에게도
동일하게 적용돼요.

나보다 한참은 어린아이를
마주할 때도 자신과 대등한
존재라는 생각으로 대해야 해요.
결국 아이들은 자라서 어른이 되고,

우리는 모두 자신의 삶을
처음부터 끝까지 살아나가는
동일한 운명이니까요.

인생의 즐거움은
사람들과의
관계에 있어요

세상에 혼자 남은 것 같은
외로움을 느끼는 날도 있지만,
돌이켜 보면 우리는
늘 타인과 함께해왔어요.
사람은 누구나 타인과
관계를 맺으며 살아간답니다.

○ 미키 마우스,
  꿈은 네 곁에 있어

가끔 혼자서도 버틸 수 있을 것 같은
오만한 착각에 빠지기도 있지만,
그런 착각에 빠져 있는 동안 앉아 있는
의자조차 누군가의 손길을 거친 것이죠.

우리는 모두 누군가의
도움을 받으며 살고 있어요.

내가 얻은 성과를
혼자 누려도 될까요?

가장 위대한 사람이
가장 아름다운 사람은 아니랍니다.
다른 사람을 동료로 생각하지 않고
남이라고 생각하는 냉정한 사람은
거대한 성공의 열매를 나눔으로써
성과의 기쁨을 즐기는 방법을 모릅니다.

○ 미키 마우스,
   꿈은 네 곁에 있어

물론 조금 더 많이 가지게 되고,
조금 덜 즐거워질 뿐이겠죠.
하지만 정말 그렇게 살아도 괜찮을까요?

나와 같은 시간을 공유한 상대방의
노력들도 한번쯤 되짚어 보세요.

○ 미키 마우스,
　 꿈은 네 곁에 있어

지나친
칭찬도 비난도
옳지 않아요

살짝 부족한 것과 지나친 것 중
어떤 태도가 관계를 유연하게 만들까요?
누군가 나에게 좋은 일을 해주면
담백하게 감사의 뜻을 표하고,
나쁜 일을 저지르면 소리를 지르기 전에
왜 그랬는지 찬찬히 생각해보세요.

순간적인 감정의 과잉은
서로에게 상처를 남길 수 있어요.

건강한 인간관계를 위해서
잠깐 감정의 숨을 골라 보세요.

타인을
먼저 생각하면
자유로워져요

이기심보다 이타심이 가진
가장 큰 위력은 이것이랍니다.

남을 도우려는 마음으로 행동하는 사람은
주변 사람들이 자신을 어떤 시선으로
바라볼지 더 이상 신경 쓰지 않게 돼요.

o 미키 마우스,
꿈은 네 곁에 있어

명확하게 올바른 길로
발걸음을 옮기는 동안,
자세가 흐트러지지 않았는지는
그저 사소한 문제에 불과하니까요.
동시에 쓸데없이 자기를
과시할 필요도 없어진답니다.

○ 미키 마우스,
　꿈은 네 곁에 있어

우리는 모두
같은 입장에
놓여 있어요

타인을 수단으로 생각하고,
다른 사람을 배려하지 않고,
항상 본인에게 유리한 방향으로만
나아가는 사람은 어떻게 될까요?

○ 미키 마우스,
　꿈은 네 곁에 있어

이는 상대방을 바라보지 않고
대화하는 것과 마찬가지,
즉 소통 불능 상태랍니다.

나와 관계를 맺고 있는 이도
당신만큼이나 중요한 입장에
놓여 있다는 사실을 잊지 마세요.

'지나침'은 종종 문제를 유발한답니다.
매사에 너무 조심스럽게 행동하는 사람은
타인과 자연스레 대화하고 어울리는 일을
그다지 좋아하지 않겠지요.

하지만 그럴수록 상대방과의 거리는
점점 더 멀어져갈 뿐이에요.
지나친 배려, 예민한 태도는
관계의 윤활유가 되지 못해요.

먼저 한 걸음 성큼 다가가 주변 사람들과
어울리는 일도 인생에서 매우 중요해요.

분노는
나를 해치는
감정이에요

예쁘고 고운 마음만을 안고
살아가기엔 세상이 제법 험해요.
마음 깊이 미워하는 사람이
눈앞에 보이지 않는다면
당장은 화가 날 일이 없겠지요.

분노는 자신이 아닌
타인을 향한 감정이니까요.
하지만 그 감정이 스스로를
해칠 때도 종종 있답니다.

누구보다 나 자신을 지키기 위해서,
따뜻한 말과 표정으로 상대방과
마주하는 자세가 필요해요.

기쁨이라는 감정은 본인뿐 아니라
주위 사람들까지 기분 좋게 만드는
크나큰 힘을 지니고 있어요.

기쁨은 나누면 두 배가 되고
슬픔은 나누면 절반이 된다지만,
소중한 사람에겐 슬픔보다
기쁨을 선물하고 싶죠.

즐거움이란 감정의 공유는
타인과 관계를 돈독하게 하는
방법 중 하나니까요.

과도한 동정은
다정한 마음이
아니에요

가끔 지나치게 누군가를
가여워하는 사람들이 있어요.
과도한 동정을 보이는 사람들의
내면을 살펴보면, 이들은
상대방을 걱정하는 것이 아니라

○ 미키 마우스,
꿈은 네 곁에 있어

사실은 불쌍해 보이는 상대보다
위에 올라서고 싶어 하는 사람들이에요.

심리적 우위에 서고 싶은 마음에서
생겨난 동정은 결코 상대방을 위한
마음이 될 수 없음을 잊지 마세요.

상대방을
대등하게 바라봐야
사랑이 깊어져요

연인과 같이 있을 때나
결혼 생활을 함께할 때
가장 중요한 자세는 존중입니다.

나와 너무나 다른 이 사람을
자신과 대등하게 존중받아야 할
존재로 바라봐야 좋은 관계를
오래도록 유지할 수 있어요.

나와 상대방 중 우위를 정하고,
절대 상대의 위에 서기를
바라서는 안 됩니다.

○ 미키 마우스,
　꿈은 네 곁에 있어

진정한 신뢰는
조건 없이 믿는
마음이에요

진정한 신뢰에는 이유가 없답니다.
상대방을 믿을 수 있는 근거가 없더라도
계속 그 사람을 믿어주세요.
그것이 진짜 신뢰입니다.

○ 미키 마우스,
　꿈은 네 곁에 있어

소중한 대상에게는 무한정
지지하는 태도도 필요해요.
내가 보여준 마음에 상대 또한
같은 모습으로 화답할 수 있어요.

좋은 인간관계는 이런 무조건적인
신뢰를 토대로 만들어진답니다.

[Part] 3.

행복한 인생을
향한 발걸음

내 인생을
개척할 사람은
나밖에 없어요

너무나 당연한 사실이라
잊고 지내기 쉽지만 우리는 단 한 명이고,
우리의 인생은 단 한 번이랍니다.
내 인생의 주인공은 나 자신입니다.
그 누구도 대신해줄 수 없어요.

한층 더 빛나는 세계로 나아가는
문을 여는 열쇠 역시 우리 자신의
노력으로 얻을 수밖에 없어요.

아마도 그 열쇠 또한
단 하나의 열쇠일 거예요.

○ 미키 마우스,
　꿈은 네 곁에 있어

불가능한 이유보다
실현할 방법을 찾아요

부정을 말하는 일은
긍정을 말하는 일보다 훨씬 쉽답니다.
대부분의 일들은 해결하는 쪽보다
포기하는 편이 힘이 들지 않으니까요.

○ 미키 마우스,
　꿈은 네 곁에 있어

하지만 '할 수 없는' 이유에만
매달리는 건 현실로부터
도망치는 행위에 불과해요.
자신의 내면에 어떤 능력이 있는지,
그 능력을 어떻게 끌어나가야 할지,
다시 한번 찬찬히 살펴보세요.

내 앞에 닥친 일들의 해답은
전부 내 안에 있어요.

○ 미키 마우스,
　꿈은 네 곁에 있어

불평만 늘어놓으면
현실은
바뀌지 않아요

매사에 부정적인 사람들이 가진
어두운 에너지가 있어요.
그건 처음엔 아주 작은 점이었지만
점점 커지고 확대되어
주위로 퍼져나가죠.

○ 미키 마우스,
　꿈은 네 곁에 있어

당신이 지금까지 얼마나
불행한 삶을 살아왔는지
반복해서 한탄해봤자 듣는 사람은
점점 지쳐만 갈 뿐이에요.

마이너스적인 에너지로

상대방의 동정을 유도하는 행위는

아무런 의미가 없답니다.

평온한 마음으로
고난을
극복할 수 있어요

당신이 아무리 노력한다 해도
불가피하게 상황은 꼬여가고,
힘든 고난이 닥쳐올 수도 있어요.
하지만 자신에 대한 믿음과
평온한 마음 상태를 유지할 수 있다면,
분명 모든 일이 순조롭게 흘러갈 거예요.

내가 인생의 중심에 서 있고 사건들은
나를 그저 스쳐 지나갈 뿐이에요.

단단한 당신이라면
어떤 난관이 앞을 가로막아도
반드시 극복할 수 있어요.

○ 미키 마우스,
꿈은 네 곁에 있어

완벽한 인생이란
존재하지 않아요

우리는 모두 주어진 환경 안에서
최선을 다해 살아가고 있어요.
매 순간, 매일매일이 쌓여 인생이라는
미완성의 지도를 그려나간답니다.

우리는 당연히 스스로가
완벽하지 않음을 잘 알기에,
더 멋진 삶을 꿈꾸며
계속 노력할 수 있어요.

우리가 이미 완벽하다면
더 나아갈 수 있는 장소는
이 세상에 존재하지 않기 때문이에요.

내가 완벽하지 않은 만큼,
상대도 완벽하지 않다는 걸
우리 모두 알고 있어요.
상대의 장점과 함께 단점까지도
온전히 받아들일 수 있다면,
사이는 더욱 깊어지겠지요.

○ 미키 마우스,
　꿈은 네 곁에 있어

서로의 단점을 공격하지 않고
수용하는 순간, 그 단점도
어느 순간 개성이 될 수 있어요.

한층 가까워진 마음의 거리는

분명 우리 삶을 풍요롭게

만들어줄 거예요.

꾸미지 않은
본연의 모습을
보여주세요

자신을 본모습이 아닌
다른 존재로 포장하려는 사람들이 있어요.
깊은 열등감을 느끼는 사람일수록
자신을 거짓된 포장지로 감싸
과시하고 싶어 하지요.

○ 미키 마우스,
   꿈은 네 곁에 있어

하지만 타인들은 바보가 아니고,
결국엔 들통이 난답니다.

그런 행동은 오히려 본인이
보잘것없는 존재라고
고백하는 일과 같아요.

잘 보이려고
애쓰지 마세요

나 자신의 시선보다 중요한
타인의 시선은 세상에 존재하지 않아요.
지금까지 당신이 스스로에게
부끄럽지 않게 성실하고 솔직한 삶을
살아왔다면, 그것으로 충분하답니다.

○ 미키 마우스,
  꿈은 네 곁에 있어

군이 타인과 집단을 설득하기 위해
자신을 꾸미려고 애쓸 필요가 없습니다.

당신이 살아온 삶 자체,
그보다 더 훌륭한 장점은 없으니까요.

모든 일이
생각대로 이루어지진
않아요

우리는 내 인생의 주인공이지만,
세상 모든 책의 주인공이란
뜻은 아니랍니다.
수많은 사람이 살아가는
이 세계에서 '내가 세상의 중심'
이라는 생각으로 살 수는 없습니다.

○ 미키 마우스,
꿈은 네 곁에 있어

이는 종종 다른 무수한
주인공들에게 폐를 끼칠 수도 있어요.

나를 세상의 중심에 놓고
타인을 바라보는 세계관은
자신의 의지대로 살아가는
올곧은 자세와는 분명 다르답니다.

당신은 존재만으로도
누군가를 행복하게 해요

아기가 매일 커가는 모습을 그저
바라보기만 해도 부모는 행복을 느낍니다.
말도 하지 못하는 강아지와 고양이를
키우는 사람들도 동물들의 움직임만으로도
애틋함을 느낍니다.

생명을 가진 존재는
아무것도 하지 않아도
누군가에게 따스한
도움이 될 수 있어요.

우리는 존재 자체만으로도
타인을 행복하게 할 수 있는
소중한 사람들이랍니다.

○ 미키 마우스,
  꿈은 네 곁에 있어

사춘기의 고민은
어른이 되었다는
증거예요

세상에 태어난 모든 아이들에게
언젠가 사춘기는 찾아옵니다.
그리고 다양한 심리적, 육체적,
실존적 문제에 부딪히지요.

○ 미키 마우스,
꿈은 네 곁에 있어

그것은 자신을 둘러싸고 있던
비좁은 알을 깨고 나와 어른으로
자립해나가는 과정 중에 있다는
성장의 증거랍니다.

한창 혼란스러운 그들이
느끼는 감정을 있는 그대로
이해하려는 노력이 필요해요.

누구나 다면성을
가지고 있어요

사람의 내면은 깊고 복잡해,
하나의 캐릭터로 규정지을 수 없어요.
어떤 사람이든 맞닥뜨린 상황에 따라
다양한 성격을 드러냅니다.

내가 갖고 있던 인상과 다르다 해서
그것을 모순이라고 할 수는 없어요.

누구나 여러 가지 면을 지니고 있으며,
이러한 다양성이 인간을
더 인간답게 만들어준답니다.

꿈만 꾸지 말고
행동으로 옮겨야 해요

아름다운 꿈을 품고 있다면
동기 부여도 이뤄져야 해요.
머릿속에서 자신의 이상적인 모습만
그려보는 동안에도 시간은 어김없이
흐르고 있으니까요.

○ 미키 마우스,
　꿈은 네 곁에 있어

꿈만 꾸는 동안 인생은
꿈결처럼 지나가 버릴 수 있어요.

아무런 행동도 하지 않고
시간만 흘러가도록 내버려 둔다면,
결국 남는 것은 이리저리 둘러댈
핑계만 찾고 있는 자신뿐이겠지요.

○ 미키 마우스,
　꿈은 네 곁에 있어

질투보다
선망의 시선으로
바라보세요

누군가가 너무 부러워서
미워진 적이 있나요?
이러한 질투를 느끼는 사람은
타인을 항상 비교 대상으로만 봅니다.

비교에는 우위만 있을 뿐
이해와 소통은 존재할 수 없답니다.
물론 자기 성장의 원동력이 되어주는
선망과 질투는 다른 감정입니다.

나보다 더 나아 보이는 상대를 정직하게,
아름답게 바라보는 시선이 필요해요.

진심 어린 웃음은
상대를 행복하게 해요

나에게 큰 의미가 있는 사람의
진짜 성격이 어떤지 알고 싶나요?
그 사람의 진심으로 웃는 얼굴을 바라보면,
조금 더 '진짜'에 가닿을 수 있을 거예요.

물론 이때는 서로를 바라보며
진실된 웃음을 짓고 있어야겠죠.

억지로 꾸미지 않은
진심 어린 웃음으로 대하면
서로의 관계가 한층 또렷해져요.

역경에 맞서는
또다른 방법은
낙관이에요

인생이라는 바다에는 종종 잔물결이 일고
큰 파도가 휘몰아치기도 해요.
이처럼 어려운 일을 맞닥뜨렸다면
애써 밝은 기분과 긍정적인 자세를 갖추고
상황에 대처하는 편이 효과적이랍니다.

○ 미키 마우스,
꿈은 네 곁에 있어

비관적인 생각과 걱정보다는
유쾌한 마음가짐이
문제에 맞서 해결해나갈 용기를
만들어주기도 하니까요.
그리고 우리는 알게 되죠.

잔물결과 파도도 언젠간 지나가고
바다는 결국 고요해진답니다.

당신은
타인에게 무엇을
해줄 수 있나요?

'내가 받은 것'보다
'내가 준 것'을 기억하세요.
다른 사람이 나를 위해 무언가
해주기를 기다리지 말고,
당신이 먼저 그 사람을 위해
적극적으로 행동하세요.

모든 애정의 근원은 말보다
행동에서 찾을 수 있답니다.

당신이 표현한 모든 감정들이
당신의 인생을 행복하게 만드는
첫걸음이 될 거예요.

○ 미키 마우스,
　꿈은 네 곁에 있어

가족들도
다른 존재임을
기억하세요

같은 뿌리에서 뻗어났어도
나뭇가지들의 모양과 방향은 전부 달라요.
간혹 자신을 다른 형제자매들과 비교하면서
절망에 빠지는 사람들이 있답니다.

사람은 각자의 경험과
버텨낸 시간에 따라
서로 다른 성격을
가지기 마련입니다.

자신이 걸어온 시간을
있는 그대로 인정하고,
당신은 당신만의
길을 걸어가면 돼요.

○ 미키 마우스,
꿈은 네 곁에 있어

지금 이 순간
상대방의 눈을
바라보세요

지금 함께 아름다운 풍경을
바라보고 싶은 상대가 있나요?
아마도 그는 당신에게
아주 소중한 사람이겠죠.
종종 부끄러운 마음에
고개를 숙이거나 시선을 피하면,
상대방과의 거리는 멀어질 거예요.

○ 미키 마우스,
　꿈은 네 곁에 있어

관계가 깊어지는 것을 두려워하지 말고
상대방의 눈을 똑바로 바라보세요.
상대방의 솔직한 눈동자 속에도
당신의 모습이 또렷이 비칠 거예요.

참고문헌

★ 『인생의 의미의 심리학 상·하』
    알프레드 아들러 저, 기시미 이치로 역(아르테)

★ 『개인 심리학 강의 — 삶의 과학』
    알프레드 아들러 저, 기시미 이치로 역(아르테)

★ 『성격은 어떻게 선택되는가』
    알프레드 아들러 저, 기시미 이치로 역·주석(아르테)

★ 『미움받을 용기 — 자기계발의 원류, 아들러의 가르침』
    기시미 이치로·고가 후미타케 저(다이아몬드사)

★ 『알프레드 아들러 — 인생에 혁명이 일어나는 100가지 말』
    오구라 히로시(다이아몬드사)

★ 『NHK 100분 de 명저 — 아들러, 인생의 의미의 심리학』
    (NHK출판)

옮긴이 정은희

고려대학교에서 영어영문학과를 졸업한 후 일본어의 매력에 빠져 일본어로 된 책을 읽으며 번역가의 꿈을 키웠다. 이후 글밥아카데미 번역자 과정을 수료했으며, 현재 바른번역에서 전문 번역가로 활동 중이다. 옮긴 책으로는 『위대한 직장인은 어떻게 성장하는가』, 『하버드 행복 수업』, 『곰돌이 푸, 행복한 일은 매일 있어』, 『곰돌이 푸, 서두르지 않아도 괜찮아』 등이 있다.

미키 마우스, 꿈은 네 곁에 있어

1판 1쇄 인쇄 2022년 2월 10일
1판 1쇄 발행 2022년 2월 25일

원작 미키 마우스
옮긴이 정은희

발행인 양원석 **편집장** 정효진 **책임편집** 차지혜
디자인 김유진 **영업마케팅** 양정길, 윤송, 김지현, 김보미

펴낸 곳 ㈜알에이치코리아
주소 서울시 금천구 가산디지털2로 53, 20층 (가산동, 한라시그마밸리)
편집문의 02-6443-8862   **도서문의** 02-6443-8800
홈페이지 http://rhk.co.kr
등록 2004년 1월 15일 제2-3726호

ISBN 978-89-255-7881-1 (03800)